Si alguna vez pierdes la esperanza...

Escrito e ilustrado por

Jordana Chana Mayim

Traducido por

Mario Monterrubio Gañán y Jordana Chana Mayim

MOSAIC
STREET
PRESS

Para ponerse en contacto con la editorial, envía un correo electrónico a hello@mosaicstreetpress.com 
Para ponerse en contacto con la autora, envía un correo electrónico a jordanamayim@yahoo.com

Diseñadores del libro: Jordana Chana Mayim y Merion Art and Repro
Editor: Mario Monterrubio Gañán
Traductores: Mario Monterrubio Gañán y Jordana Chana Mayim
Diseñadora del logo de Mosaic Street Press: ÂGrizon

Especial agradecimiento a:

Ellen, por su tremenda generosidad y por darle a una artista dos de las cosas más maravillosas que se pueden ofrecer: tiempo y espacio para ser LIBRE para CREAR.

También a mis amigos en España, por animarme cuando más lo necesitaba.

Primera edición

Las ilustraciones son collages hechos de fotografías que Jordana hizo durante sus viajes. Para saber más sobre las ilustraciones y sus viajes, visita https://www.jordanamayim.com/esperanza-ilustraciones

Publisher's Cataloging-in-Publication Data
Names: Mayim, Jordana Chana, author, illustrator, translator. | Monterrubio Gañán, Mario, translator.
Title: Si alguna vez pierdes la esperanza... / escrito e ilustrado por Jordana Chana Mayim ; traducido por Mario Monterrubio Gañán y Jordana Chana Mayim.
Other titles: If you ever lose hope. Spanish.
Description: Narberth, PA : Mosaic Street Press, 2021. | Summary: To regain hope, a woman follows the advice of those who've endured injustice and anguish and felt joy again. | In Spanish.
Identifiers: LCCN 2020923038 (print) | ISBN 978-1-948267-11-3 (paperback) | ISBN 978-1-948267-12-0 (hardcover) | ISBN 978-1-948267-13-7 (ebook)
Subjects: LCSH: Young adult fiction. | Illustrated works. | CYAC: Determination (Personality trait)--Fiction. | Hope--Fiction. | Depression--Fiction. | Spanish language materials. | BISAC: YOUNG ADULT FICTION / Girls & Women. | YOUNG ADULT FICTION / Social Themes / Depression. | YOUNG ADULT FICTION / Social Themes / Self-Esteem & Self-Reliance.
Classification: LCC PZ73 .M39 2021 (print) | LCC PZ73 (ebook) | DDC [Fic]--dc23.

Para Andrea
por ser un jardín,
un sol,
y una salvavidas.

Para los Supervivientes,
por resurgir de las cenizas,
por seguir,
por volar,
por enseñar:
hay un porqué.
Adelante.

Un día...

...ella perdió la esperanza.

La buscaba en la oscuridad que ahora la envolvía.

No pudo encontrarla.

Muchas cosas, sin embargo,
emergieron de las sombras
y la encontraron.

Cosas feas.

Cosas dolorosas.

La injusticia irrumpió tronando:

«¡LO QUE HA SIDO SIEMPRE SERÁ!».

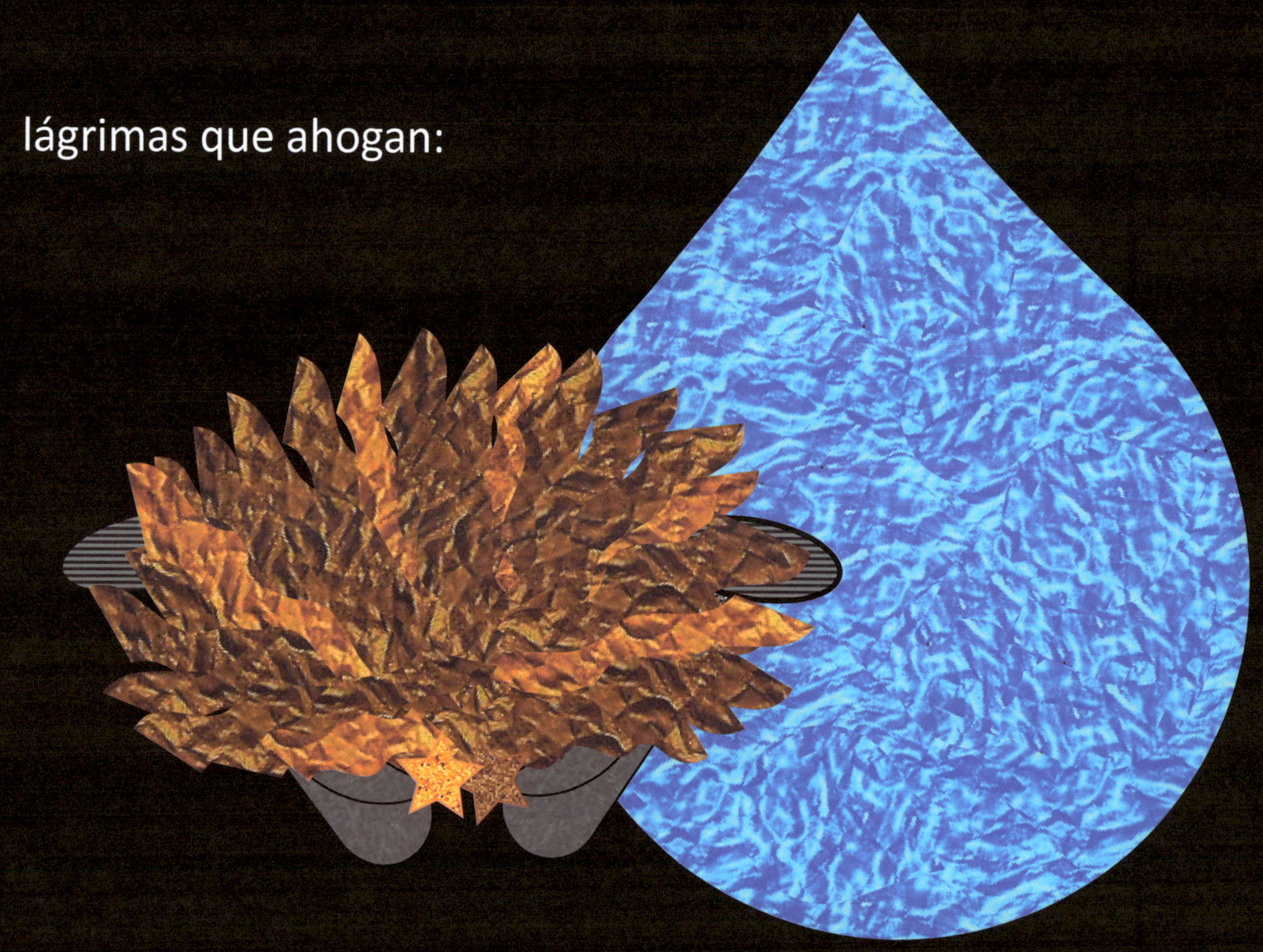

La tristeza inundó su alma y juró,
con una voz tan tenue como

lágrimas que ahogan:

«*Nunca* te librarás de mí».

El miedo llegó

invisible,

impalpable,

y se hizo amo de
todos sus pensamientos y sentimientos
mientras susurraba:

«Son míos.

Míos.

Míos».

Pero también había otras voces.
Otras palabras.
Regalos de los Supervivientes.

Los Supervivientes,

aquellos que habían combatido el latigazo del
«Te voy a destrozar»
con un firme:

.

Aquellos que habían desafiado las llamas del
«Destruido para siempre»
con un ardiente:

«¡RESURGIMOS DE LAS CENIZAS!».

Aquellos que habían seguido las órdenes de
sus barcos naufragados:

«Nada hasta que
llegues a la orilla,

y luego...

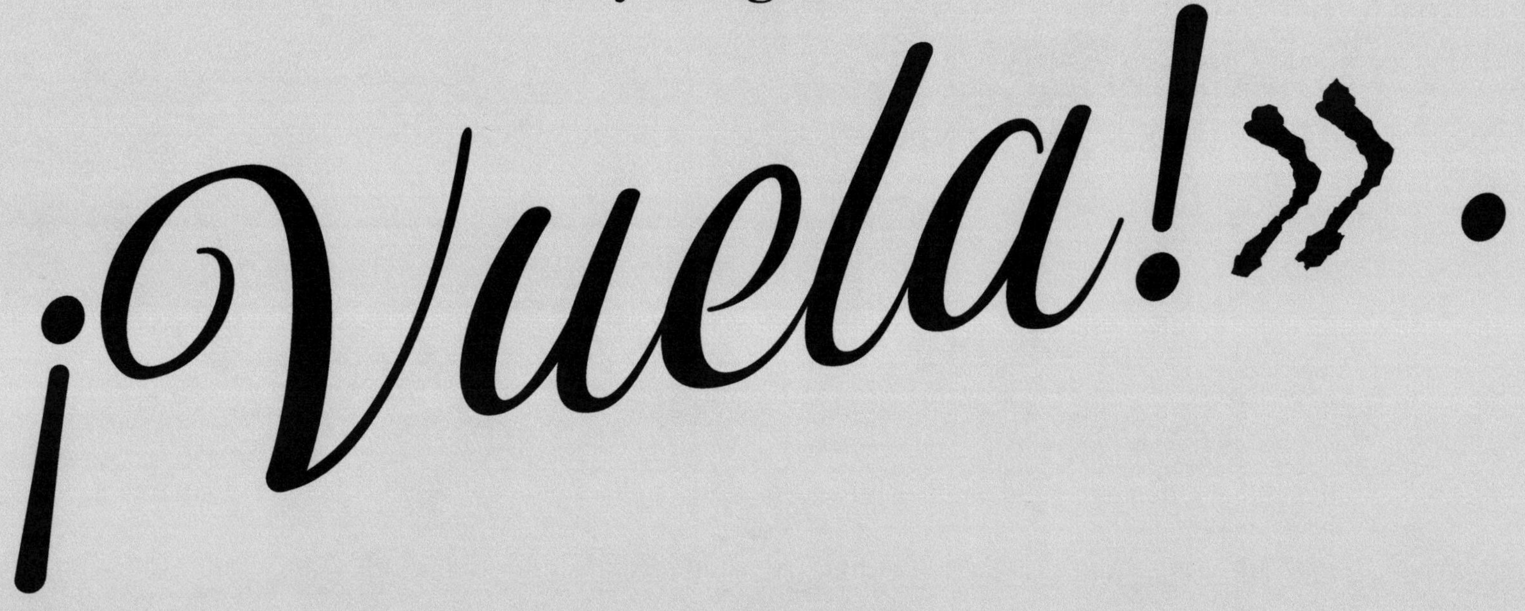

Ellos se habían cruzado en su camino.
Cada Superviviente había sembrado palabras de esperanza
en su interior y, a través de la repetición,
se habían asegurado de que sus mensajes se arraigaran
para cuando los necesitara.

Los Supervivientes saben que siempre
hay un «cuando esto pasa».

Pero para no asustarla,
siempre le decían «por si esto pasa».

«Si alguna vez pierdes la esperanza
—le había dicho un Superviviente—
repasa tus pasos.
Busca la última vez que la tuviste.
Llévatela contigo».

Viajó mentalmente a un lugar
donde sus pies no la podían llevar: al pasado.

Llegó a la última vez que el sol la había encandilado
no por encima de ella sino en su interior
y levantó hacia sus rayos dorados
todo lo que quedaba de su luz:
una vela apagada.

«Enciende un fuego que me guíe en el presente
e ilumine un camino al futuro»
—suplicó.

Las llamas anaranjadas consumieron
instantáneamente mecha y cera,
derramando lágrimas blanquecinas mientras que
su brillo se atenuaba y sus voces
se apagaron casi por completo.

«Lo sentimos. No vamos contigo».

«Si alguna vez pierdes la esperanza
—otra Superviviente le había dicho—
continúa poniendo un pie enfrente del otro.
Mientras caminas,
encontrarás que la esperanza camina hacia ti».

Y ella caminó,
pero no llegó muy lejos.
Un muro se levantaba ante sus ojos.

Piedras pulidas, tan resbaladizas como el cristal
e incrustadas en el cemento, la vieron retroceder.

Se preguntó: «¿cómo podría...?».

Una piedra trató de responder: «tú puedes...»,
pero el muro zanjó tanto la pregunta como la respuesta
con un contundente:

«NO PUEDES.
NO ES POSIBLE
ESCALARME».

Sus dedos exploraron la superficie del muro
para compensar lo que su vista no podía alcanzar:
un resquicio para poner un pie, una mano,
la posibilidad de seguir adelante.

Nada.

Sus ojos miraron con anhelo hacia arriba
donde sus manos no podían llegar.

No veía el final de las piedras.

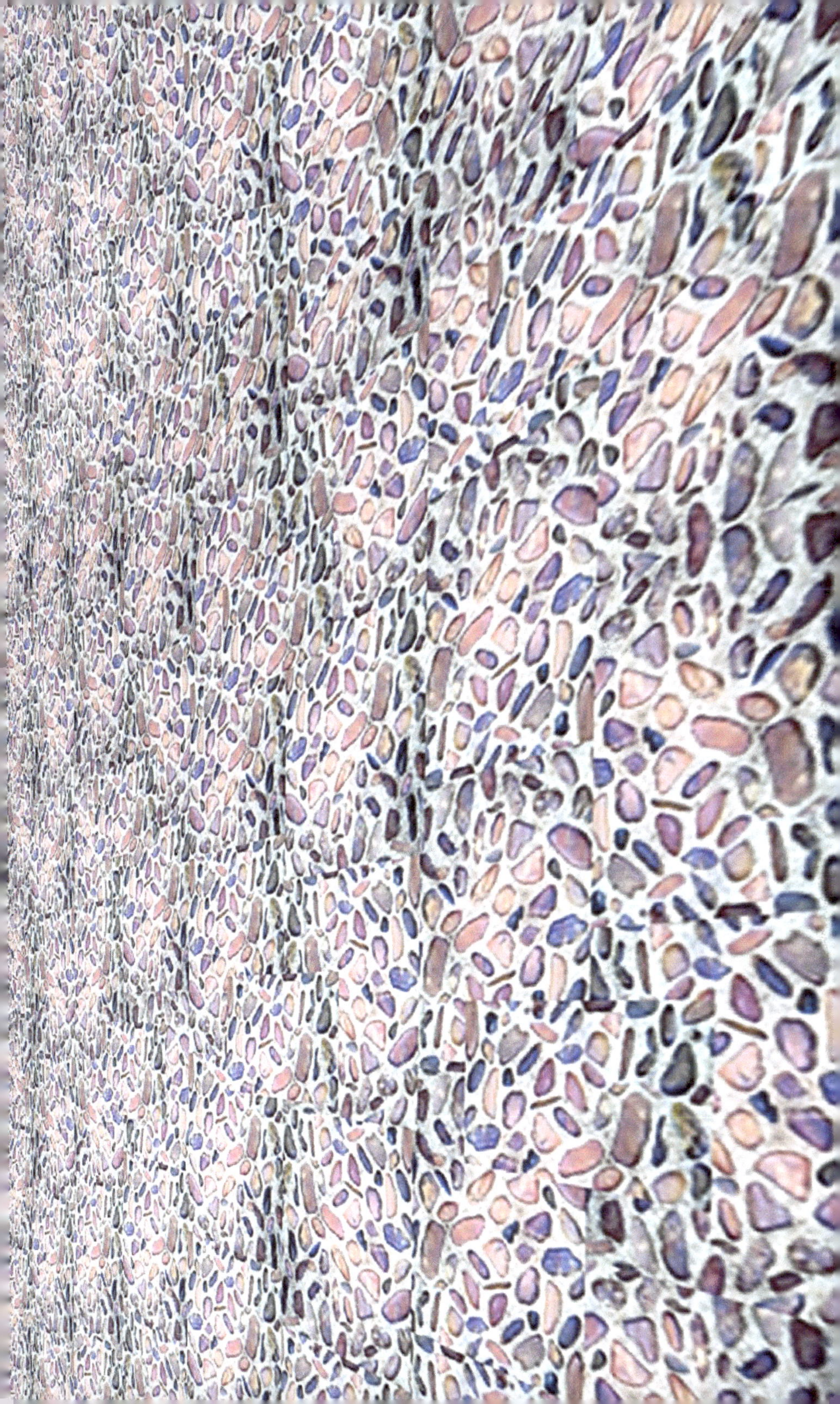

Busco una manera de recorrer el muro rodeándolo en lugar de cruzándolo.

Llegó a un rincón que la obligó a girar a la izquierda.

Después de tres giros más, se encontraba de pie en el punto de partida: no había un único muro sino cuatro. Estaba acorralada.

Atrapada.

Aún así, hizo caso a las palabras de la Superviviente
y continuó poniendo
                              un pie
                                        enfrente
                                              del
                                                    otro.

Cual prisionera en su celda, se limitaba a dar vueltas en círculos,
y pronto su mente imitó el movimiento que hacían sus pies;
sus pensamientos fueron reducidos a

                                                            jaulas

                                        sin

                    salida.

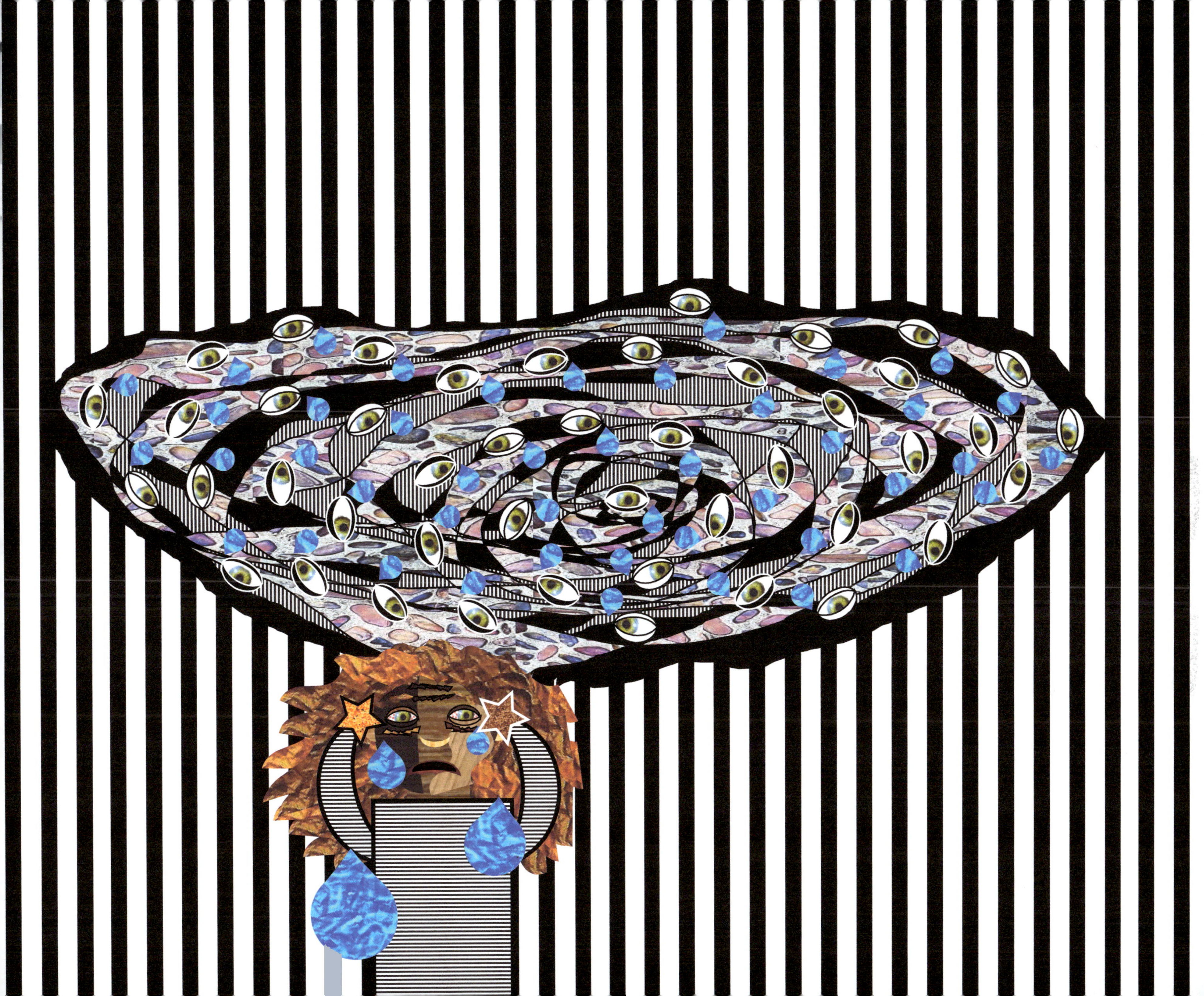

«Si alguna vez pierdes la esperanza
—otra Superviviente le había dicho—
y aún buscándola no la encuentras,
siéntela mediante actos».

Tierra para labrar,
semillas para sembrar,
campos para deambular,
bosques para explorar,
mares para nadar,
gente para abrazar,
animales para acariciar,
conversaciones y comunidad,
libros y mariposas,
flores y luciérnagas,
y todas las herramientas que usaba
para extraer
MAGIA
de su espíritu y
convertir su asombro en una
REALIDAD TANGIBLE.
Todo eso existía

al otro lado de los muros.

¿Qué podría hacer?

HO PE

«Si alguna vez pierdes la esperanza
—otro Superviviente le había dicho—
y no sabes qué hacer,
haz lo que puedas».

Volvió a buscar en el muro.
Este repitió:

«NO ES POSIBLE ESCALARME».

«Sin embargo
—dijo el cemento alzando la voz—,
se puede romper.
Rasca».

Ella obedeció.
Polvo.

Poco a poco,
una neblina invadió el ambiente.
Rascó

hasta que sus uñas
se rompieron y su piel se quebró;

hasta que su sangre
acompasó su aliento;

hasta que sus dedos
olvidaron lo que era el reposo;

hasta que pudo prever
el dolor;

hasta que quedó
aturdida por el agotamiento.

No obstante,
el propósito venció al agotamiento
y ella siguió en su empeño

hasta que

una piedra,
tan arenosa como el desierto,
tan inestable como el mar,
le indicó:
«empuja».

Lo hizo, y sus dedos regalaron a sus ojos
un pequeño hueco:
un paisaje al otro lado.

Miró.

Oscuridad.

Se le cerraron los ojos.

Su determinación la abandonó.

El agotamiento

—que el propósito había mantenido a raya—

volvió y esta vez,

triunfó.

Cuatro palabras emergieron de sus labios
antes de que el sueño le concediera una tregua al dolor:

«No
me
dejes
despertar».

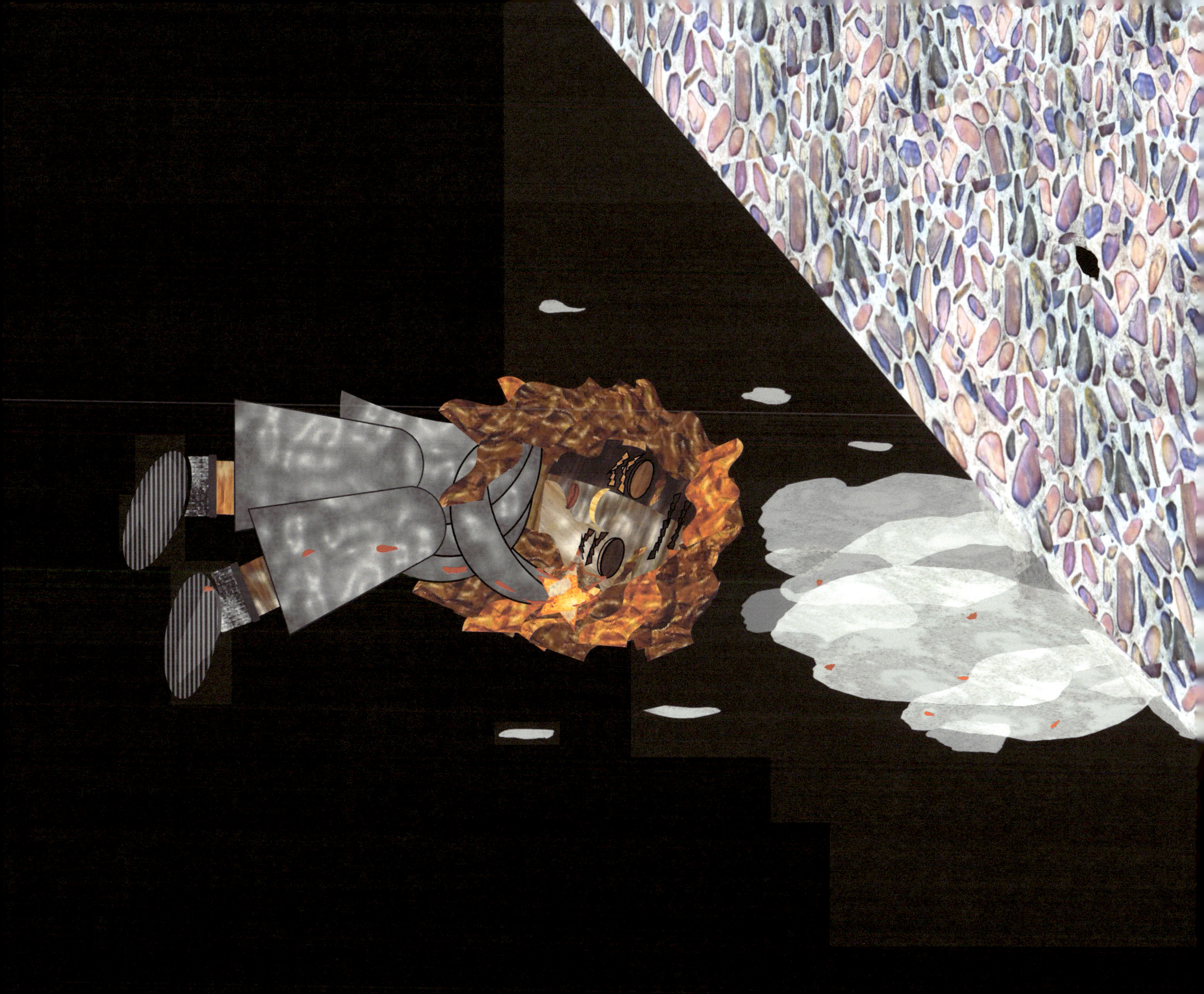

Pero sí, despertó,
y las palabras albergadas en su corazón
que brotaron al abrir sus ojos…

...eran las de una Superviviente más.

«Si alguna vez pierdes la esperanza,
no hagas simplemente lo que puedas.
Hazlo otra vez.

Y luego otra vez.

Y otra vez.

Y otra vez.

Y otra vez».

Se levantó.
Sin esperanza
pero con confianza en los Supervivientes,
puesto que si *ellos* le habían insistido para que ella siguiera,
tendría que haber un porqué.

Volvió al muro y continuó rascando.

Sus uñas rotas
se rasgaron.

Su piel
se resquebrajó otra vez.

Cada herida
precedió a una nueva.

El sudor la empapó y
el polvo se acumuló alrededor de sus pies.

Otra piedra insistió: «empuja».
Otra ofrenda de sus manos a sus ojos.

Miró por el hueco una vez más.

Una única estrella brillaba en el cielo nocturno.

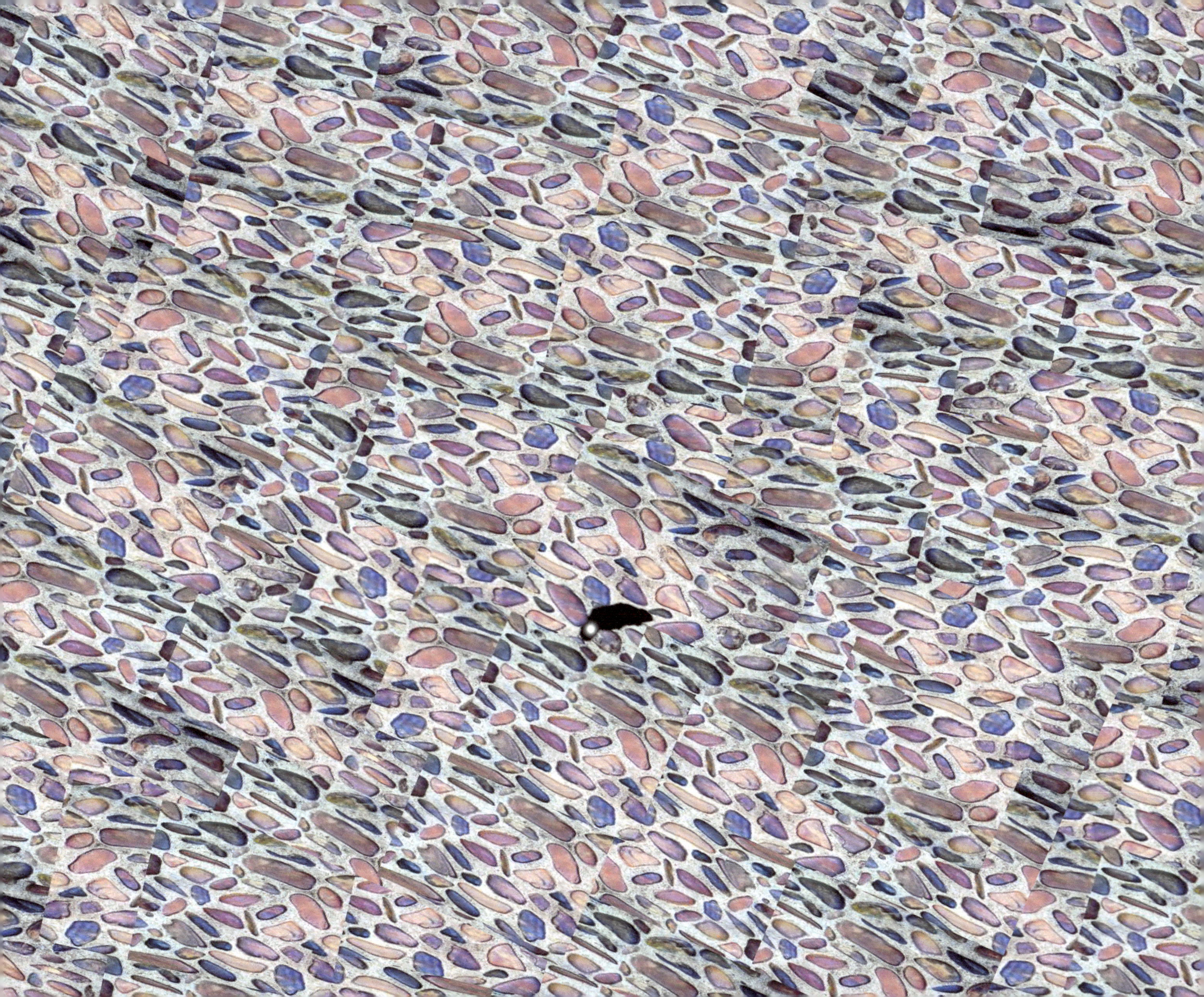

Rascó aún más;
empujó con más fuerza.

Una segunda estrella apareció con
rayos constantes y deslumbrantes.

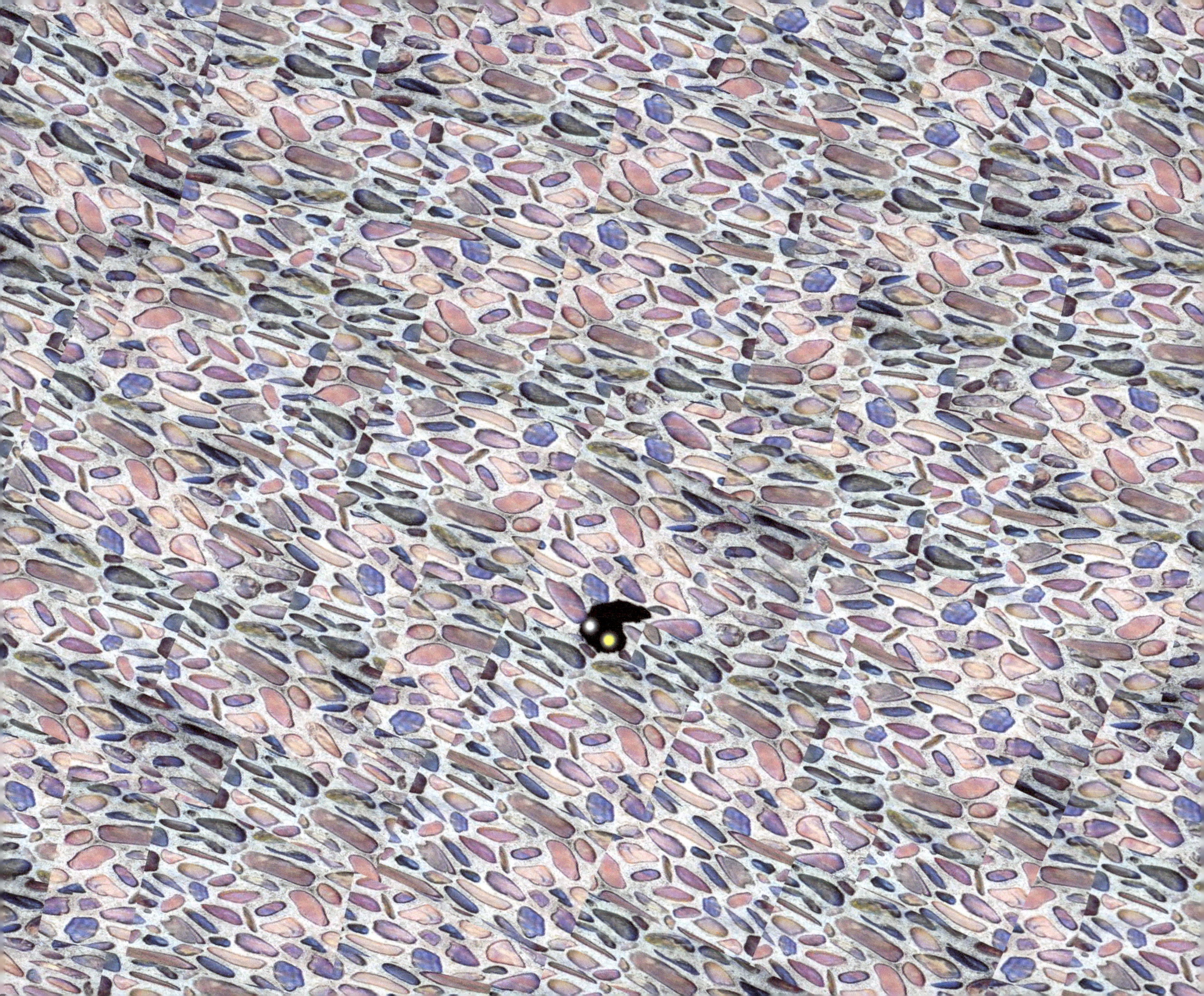

Tiró, arrancó.

La luz de la luna la alcanzó.

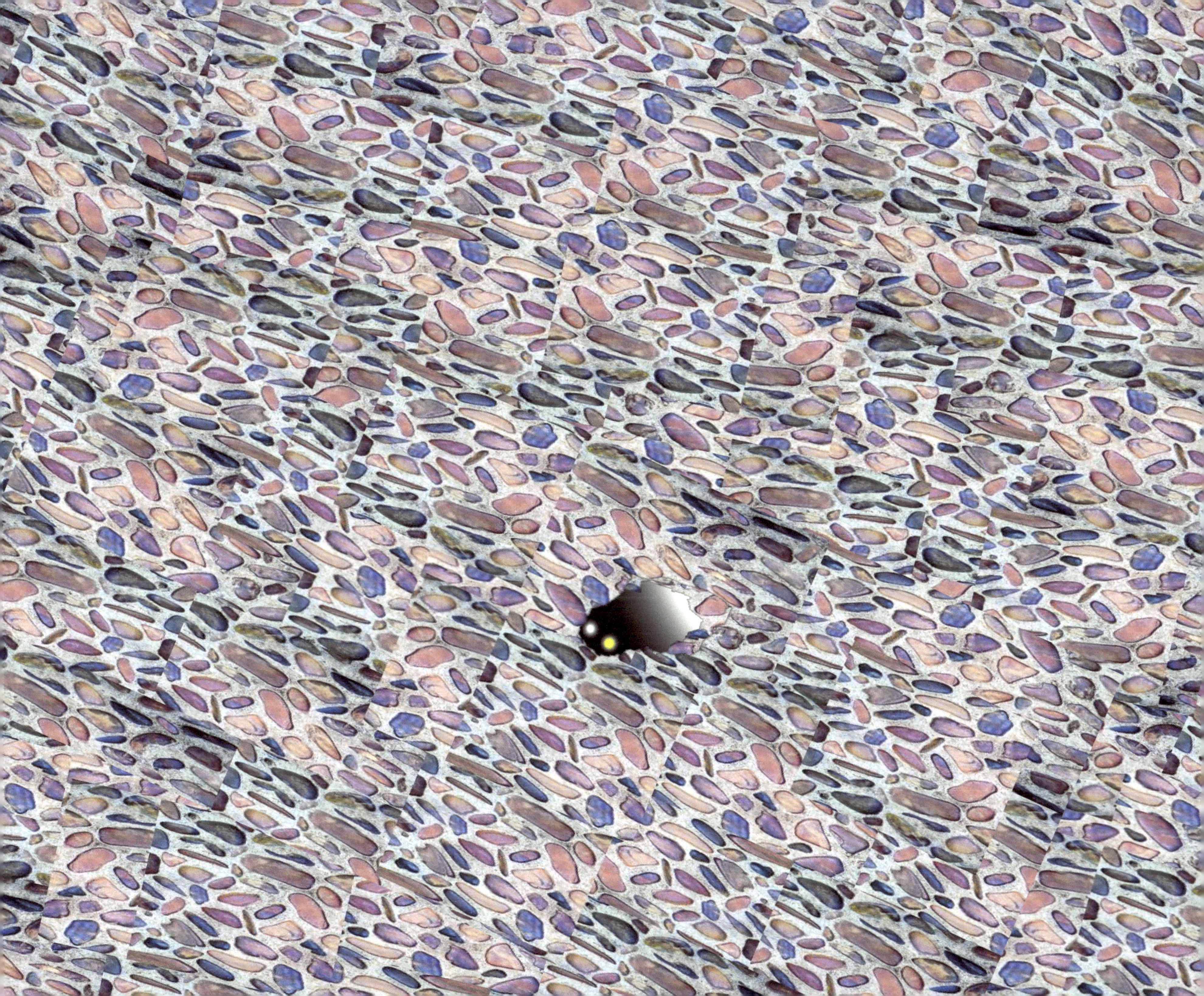

Arañó;

hizo polvo el poder
de la desesperación

y despejó los restos
de su camino.

Creó una puerta y...

...atravesó al otro lado.

La amabilidad cantó:

«*Lo que ha sido siempre será*».

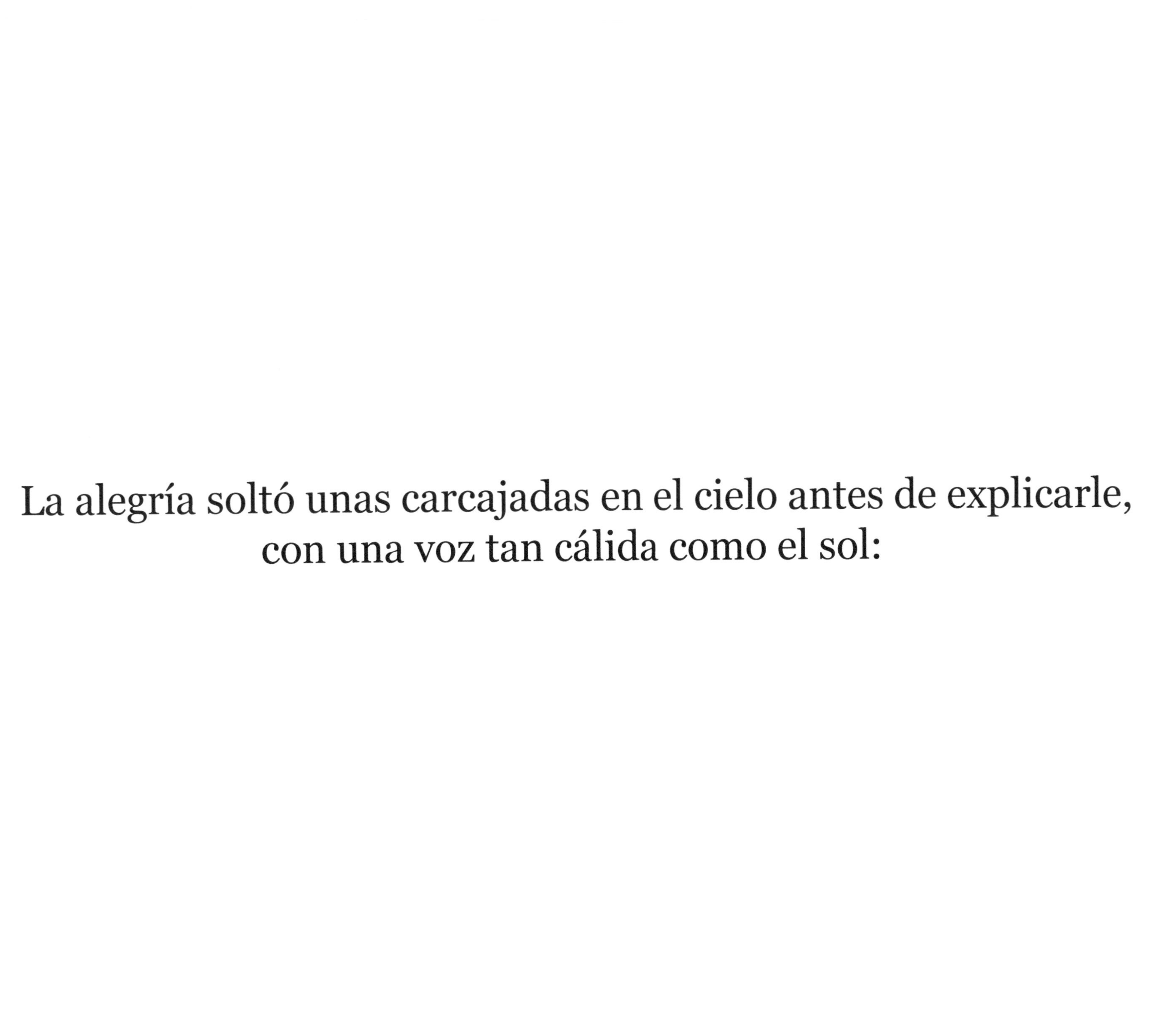

La alegría soltó unas carcajadas en el cielo antes de explicarle,
con una voz tan cálida como el sol:

«Estar silenciada
no significa estar ausente.
Nunca te he dejado y
nunca lo haré».

El Amor

hizo florecer jardines tanto alrededor como dentro de ella,

sembró semillas y recogió el aroma de las flores
al mismísimo tiempo,

hizo que dar y recibir fueran sinónimos

y cantó una serenata a cada raíz,
capullo y flor que decía:

«Creced.
Creced.
Creced».

Los Supervivientes emitieron un suspiro al unísono.

Abandonaron sus «por si esto pasa»
y los cambiaron por «cuando esto pasa».

«Cuando la esperanza vuelve,
y volverá porque puede,
escúchala».

«Cuando la esperanza vuelve,
y volverá porque tiene que volver,
ayúdala a crecer».

«Cuando la esperanza vuelve,
y volverá porque volverá,
compártela».

Y ella pronunció su: «Si...».

«Si alguna vez pierdes la esperanza,
piensa en los Supervivientes.
Porque lo que *ellos* han hecho,
tú también lo puedes hacer».

HO PE

L
O
V
E
S
W
I
N
E
S